La Grenouille et l'Oiseau

Histoire d'une amitié

Raynaldine RIDEL
Auteur - Illustrateur

Du même auteur

Oiseaux des Marais
Ed. de l'officine Paris 2007

45, Rue des Petites Ecuries
75010 PARIS

Paris, octobre 2008
ISBN 978-2-35551-048-9

Hello, le petit Vanneau huppé, se levait tôt le matin après une douce nuit, bercé par le coassement de son amie Rainette, la grenouille verte.

Dès les premières lueurs du jour, Hello entonnait son chant caractéristique composé d'une succession de « Pi. Ouiit », « Pi. Ouiit ».

Aussi, Afin de permettre à Rainette de trouver à son tour le sommeil, le petit échassier quittait un temps les abords de la mare d'eau douce pour rejoindre le pré voisin où Clochette, une jolie vache blanche, broutait une herbe grasse.

Le petit Vanneau huppé avait coutume d'effectuer de nombreuses allées et venues entre la prairie où pâturait Clochette et la mare où habitait Rainette. Son vol rapide et agile lui permettait de rallier un endroit à l'autre en quelques battements d'ailes puissants, ponctués de virevoltes aériennes. Aussi, jamais il ne restait longtemps éloigné de son amie Rainette.

Alors que Rainette était maintenant éveillée depuis quelque temps, Hello n'était toujours pas paru devant elle. Son inquiétude grandissait. Elle avait beau s'appuyer avec force sur ses longues pattes de derrière, les énormes bonds qu'elle effectuait ne lui permettaient pas de voir au-delà des berges, tant les herbes qui y poussaient, étaient hautes et serrées.

Pendant ce temps, de l'autre côté de la barrière, Vigile, le Héron garde - bœuf, avait lié conversation avec le petit Vanneau huppé qui semblait captivé par les propos du vieil échassier.

Vigile était un bon orateur, très respecté dans le marais. Il détenait de ses parents de solides connaissances sur ce que fut autrefois cette terre, lorsque les eaux, encore très présentes, cotoyaient de larges étendues de prairie à l'herbe abondante.

Clochette qui avait un moment délaissé son festin, s'était rapprochée des oiseaux et associée à la discussion. Les propos tenus par Vigile lui rappelaient ceux qu'elle avait entendus de ses grands-parents puis de ses parents.

En si bonne compagnie, le temps s'était écoulé si vite que le petit Vanneau huppé, avide de savoir, ne s'était pas rendu compte de la durée de l'absence qui l'avait séparé de son amie la grenouille. En levant les yeux au ciel comme pour mieux s'imprégner d'un passé qu'il n'avait pas connu, Hello s'aperçut que le soleil était déjà fort haut dans le ciel. Aussi il réalisa très vite combien Rainette avait pu s'inquiéter.

Il prit alors congé de Vigile, le vieil échassier, non sans l'avoir salué avec respect et remercié pour cet agréable et enrichissant moment qu'ils avaient partagé en compagnie de Clochette.

Hello se posa quelques instants sur le bord du fossé pour réfléchir à la manière dont il pourra justifier, auprès de Rainette, son absence prolongée.
En comprendra-t-elle les raisons et se contentera-t-elle des explications fournies?

Mais il ne fallait pas qu'il se retarde davantage, et le petit Vanneau huppé prit son envol dans un bruit cinglant provoqué par le battement rapide de ses ailes qui fouettaient l'air.

Un court moment plus tard, Hello se tenait sur un petit îlot de terre, au beau milieu des eaux calmes de la mare. Il eut suffi à la petite grenouille de se retourner et d'effectuer quelques bonds pour retrouver son ami, pourtant elle semblait ne pas s'être aperçu qu'il était là, juste derrière elle. Trop affligée par le tourment, Rainette paraissait être tombée dans l'inertie. Ses pattes avant entouraient sa tête au ras de l'eau, elle pleurait...

Dans la tiédeur moite du marais, soudain, un timide « Pi. Ouiit » arriva jusqu'à elle, et la fit sortir de la torpeur qui l'avait envahie. Elle se retourna mais n'avança pas d'un bond.

Le petit Vanneau huppé en était maintenant convaincu: Rainette était fâchée!
Il lui fallut alors user de nombreux « Pi. Ouiit » « Pi. Ouiit » pour que la petite grenouille veuille bien s'approcher. Elle n'était pas rancunière... Elle écouta Hello qui lui expliqua avoir rencontré Vigile, le vieil Héron garde-boeuf, avec qui il avait conversé en compagnie de Clochette, sans se rendre compte du temps qui passait. Rainette n'avait pas une once de jalousie... et le seul reproche qu'elle adressa à Hello, fut de ne pas être venu la prévenir qu'il resterait un moment à discuter avec Vigile et Clochette. Cela lui aurait pris peu de temps et aurait évité qu'elle ne se morfonde.

Finalement, tout ceci fut vite oublié. Le petit Vanneau huppé partagea avec son amie la grenouille ce que lui avait enseigné Vigile. Rainette qui n'avait que très peu l'occasion d'échanger avec les autres car ne pouvant quitter son milieu aquatique, fut remplie de bonheur de pouvoir s'enrichir de nouvelles connaissances.
Et ainsi, la conversation se prolongea, jusqu'à la tombée du jour, entre les deux amis réconciliés.

Achevé d'imprimer en octobre 2008 sur les presses de
Professional Printing Group s.a.r.l.
Beyrouth, LIBAN